妖怪捕物帖

① 無面妖怪的孩子不見了？

大崎悌造 著
有賀等 繪

新雅文化事業有限公司
www.sunya.com.hk

第一回

狐妖岡七，登場！

這裏是一個住了很多妖怪的城鎮——「妖怪江戶鎮」。
此時，有兩隻妖怪正在城鎮內的大街小巷追逐。
我叫你別跑，你聽不明白嗎？
我才不要！誰會聽你的話！

正在逃跑的，是著名的妖怪大盜。他是鐮刀鼬鼠，名叫鐮吉。
糟了！是死路！
你走投無路了，鐮刀鼬鼠鐮吉！
你已經是籠中之鳥……不，籠中之鼬才對！
來，乖乖受縛吧！
而另一隻妖怪，就是這個故事的主角。他是狐妖，名叫岡七。
狐妖岡七

湊熱鬧的羣眾逐漸聚集起來，圍觀這個突如其來的抓捕事件。
幹什麼？
發生什麼事了？
聽說在抓賊匪啊！
可……可惡啊。

瞪着……
瞪着……
吵吵嚷嚷
悄聲悄聲
那不是當今妖怪江戶鎮最有名的狐妖岡七嗎？
就是那小孩？
雖說是小孩，但聽說他是個很厲害的捕快啊。

岡七是一名捕快。用現代的語言來說，就是類似警察或偵探的職業。

包起
看啊！你敢再接近我的話，我可不保證這小孩會怎樣啊！
嗚哇哇

被岡七追到走投無路的鐮吉，突然作出令大家意想不到的行動。

他竟然脅持身邊的小孩！

「喂，別做無謂的掙扎！放開那個小孩！」

岡七說着，想制止鐮吉，但鐮吉為了逃走也是拚了命的。

「別說傻話了！你想這個小孩沒事的話，就讓路給我走！」

哎呀哎呀，那就沒辦法了……唯有讓你吃點苦頭才行！
出現

妖術，狐火爆裂彈！
熊熊熊～
砰——！
滋滋滋滋
滋滋
！
嗚啊！
岡七可以隨心地操控一種叫「狐火」的火焰彈來對付敵人。

看我的！
呼
啊！
好了，你現在要怎麼樣？還想再打下去的話，我一定奉陪！
嗚哇，求求你放過我吧！
就這樣，岡七今天也如平常一樣，瀟灑地將壞蛋繩之於法了。可是……
你啊，走路像樣點！
生氣
嘩啊！真厲害啊！
狐妖岡七果然有他的一手！

真厲害啊，岡七老大！
日本第一！
別這樣讚我啦，我會害羞啦！
嘻嘻嘻
踏中
這……這是什麼？
啊——！
你把我的豆腐踏碎了！
我剛想把它拾起來……
嗚哇～
別哭啦，我給你再買一塊豆腐啦……
就像大家看到這樣，岡七也有他的笨拙之處。

大哥——
事情發生在鐮刀鼬鼠事件之後的幾天——
在岡七住的破爛長屋，有一隻妖怪正慌慌張張地跑來。
他是岡七的跟班，是一隻草鞋妖怪，名叫草助。
岡七大哥！不好了！
開門
草鞋妖怪草助

龐然大物
嘩嘩——
你，你是誰？
你將岡七大哥怎麼了？

對不起，我好像把你嚇壞了！
咦？
嗨，草助！
變變變！
啊！

岡七還有另一個絕技，就是變身成各種形態。

因為我正有空嘛，所以在練習變身術。
什麼？原來只是這樣嗎？

「因為我一個在家好悶啊……」

岡七是獨居在這間長屋裏的。

「對了，草助，你剛剛說什麼不好了？」

「啊，對了！有突發事件啊，大哥！住我家附近的無面妖怪，他的小孩被拐走了！」

「你說什麼？快帶我過去！」

「好的！」

他們正匆忙出門之際，天花板上傳來了叫喚岡七的聲音。

小岡，有案件了？
唔？

長頸妖怪阿六
伸出
嗚哇！
阿六！你竟然又偷聽我們說話！
你胡說什麼！都怪草助聲音這麼大，我不想聽也聽到了！
阿六是住在隔壁的長頸妖怪小女孩，她是跟岡七一起長大的好友。

阿六跟岡七住的破爛長屋，天花板全是貫通的。

阿六就因利乘便，身體經常安坐家中，然後伸長脖子去窺看岡七的家。

阿六的家
岡七的家
不管你了，我現在要出去了！
草助，我要趕過去，拜託你像平時那樣子變身吧！
好的！
變！
來了！

草助立即變身成一雙草鞋。
來，大哥，快穿上我吧！
好！
我要飛奔出去了！
穿上
小岡！小心點啊！
岡七此時還不知道，接下來的事件，會讓整個妖怪江戶鎮都捲入其中。
呼——

簡單介紹一下

角色介紹

妖怪大全 第一篇

接下來，會為大家介紹在本故事中出場的妖怪！

狐妖岡七

岡七是這個故事的主角，在妖怪江戶鎮擔當捕快的工作。他是一隻狐狸妖怪，今年已經一百一十一歲！不過妖怪的年齡大概是人類的十倍，所以用人類年齡來計算的話，他大概十一歲。

當狐妖長出九條尾巴，成為「九尾狐」的時候，就會成為一隻厲害的成熟妖怪，可是岡七暫時只有七條尾巴。

嗨！
我是岡七，
多多指教啊！

岡七手上拿着的，是稱為「十手棒」的短叉型武器，是捕快專用的工具！

他的絕招是操控狐火和變身！

看啊！

岡七可以操控一種名為「狐火」的火焰彈作為武器；還可以變身成不同的物品或妖怪，不過因為他現在只有七條尾巴，所以時常會失手。

長頸妖怪阿六

我比小岡大一歲，所以我是姐姐啊！

阿六是個可以自由伸長頸項的女孩，在岡七的隔壁，跟當木匠的父親同住。她跟岡七一起長大，比岡七年長一歲，今年一百一十二歲。

草鞋妖怪草助

你知道草鞋是什麼嗎？是古人穿的鞋子啊！

草助是岡七的跟班，他是草鞋的古物精怪。所謂古物精怪，原是一些古舊的用具，經過長年累月慢慢成精。

就像大家在故事中所見，草助可以變身成一雙草鞋，誰穿上它都可以用超快的速度跑起來！

七 那麼妖怪江戶鎮是個怎樣的地方呢？

妖怪江戶鎮是一個很大的城鎮，裏面住滿妖怪。妖怪除了具有妖力和懂得妖術外，跟人類沒什麼分別。所以妖怪們在妖怪江戶鎮裏，過着類似人類世界的生活。

第二回

被拐帶的孩子是什麼編號？

岡七在草助的帶領下，去到孩子被拐走了的無面妖怪的家。
打擾了！我把岡七大哥帶來了！
打開
啊，草助！
家裏全是無面的妖怪。
吵嚷
吵嚷
啊？

罔七雖然被他們的妖多勢眾嚇了一跳，但很快就收拾心情，向他們查問了。

你家的孩子真的被拐走了嗎？
是的。
我們家的五平不見了啊！
無面妖怪爸爸
無平
無面妖怪媽媽
阿面

不對啊，媽媽！不見了的是三平啊。
五平在這裏啊！
不對，不對！我是四平啊！
我才是五平啊！
咦？是這樣嗎……
一平
二平
四平
五平
他們家有五個孩子，父母都時常搞混了。
樣子都一樣……不，該說他們都是無面的，難怪會搞錯……

「那麼五平……不，三平是什麼時候不見了的？」

「喂！一平，你把今早的事情好好告訴岡七老大！」

聽到爸爸的吩咐後，一平就開始說起話來：

「我們五個今早一起玩捉迷藏……」

根據一平的話，他們五個在四、五小時前，曾在附近的寺廟玩捉迷藏。

猜拳後，一平輸了要做鬼，其他四個分別到不同的地方躲了起來。

躲起來的兄弟一個一個被一平找出來，可是唯獨三平卻一直沒有找到。

　最後，大家都一起幫忙找三平，可是還是找不着他。

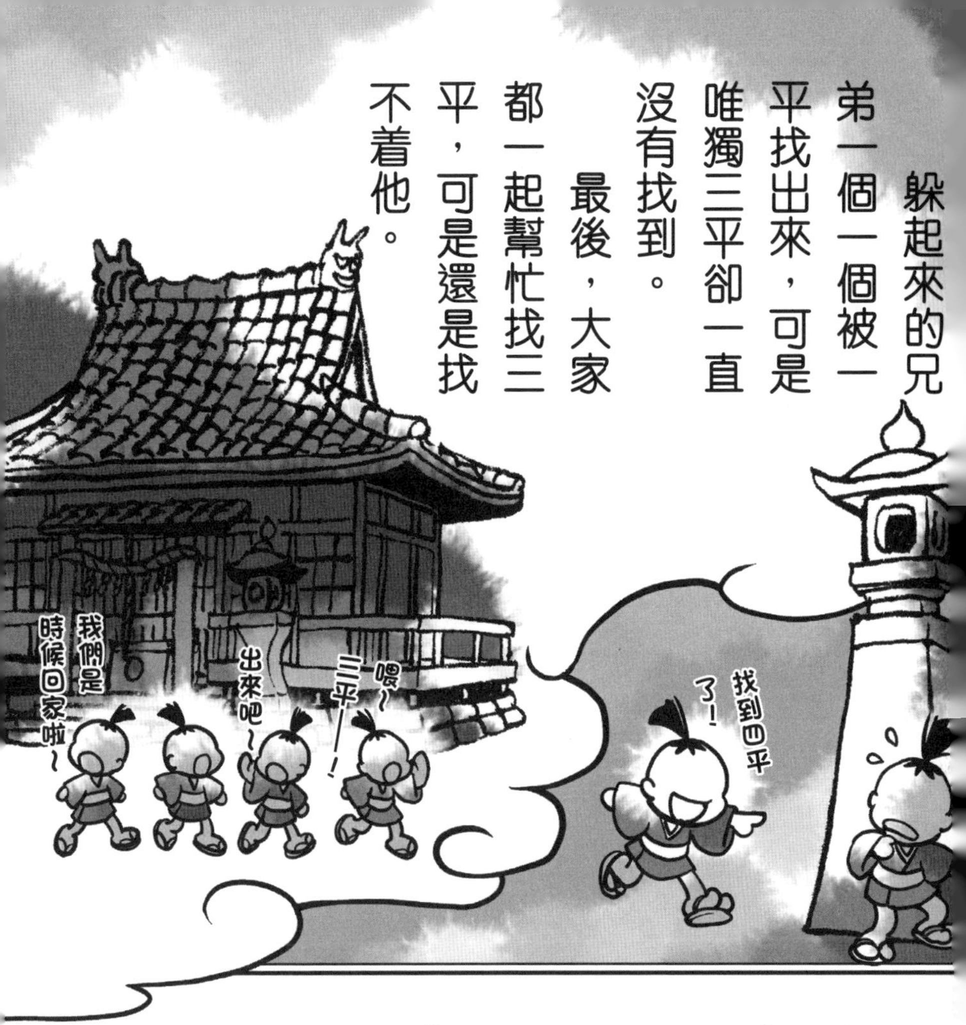
找到四平了！
喂～三平——！
出來吧～
我們是時候回家啦～

「原來如此……」

「我們以為三平那家伙自己先回家了，所以也回家去，這時才發現三平沒有回來……」

「我聽到孩子們這樣說，也立即趕去那間寺廟，仔細找遍每個角落，還是找不着三平。」

唔……可是，就算這樣，也不能斷定三平是被拐帶了吧？他也可能是迷路了，不知走到哪裏去吧？
不會的！三平是他們五兄弟之中最聰明的孩子，從來沒試過迷路啊！

「而且啊，岡七老大，其實五平這小子，聽到三平求救的聲音啊。」

「什麼？真的嗎？」

「真的，我在躲藏的時候，隱約聽到遠處傳來三平的聲音……」

卡沙
你幹什麼啊！
救命啊……

那時候，五平以為三平在跟其他兄弟吵架，所以沒把事情放在心上。

「不過，現在回想起來，那時候三平應該已被拐走了……」

接下來，一平說出更驚人的事情：

「那個……我不知道這個跟三平失蹤的事情有沒有關係，但這兩三天，我感到有誰在監視着我們。」

「你說什麼？」

我們在外面玩的時候，總是感覺到有妖怪在注視着我們似的……
我也感覺到！
對，我也是。
什麼？原來大家都感覺到嗎？

無面妖怪雖然沒有眼睛和鼻孔，但取而代之，他們有很敏銳的感覺。

「好，我首先去那間寺廟看看！孩子們，帶我去吧。」

「好的！」

「那麼我也一起去吧……」

「不，說不定三平會突然回來。無平先生，你們兩夫婦還是留在家等着吧。」

岡七與草助在一平他們的帶領下，來到三平失蹤的寺廟。
五平，你是在這一帶聽到三平的求救聲音嗎？
是的，就從那邊的樹林裏發出的。
岡七和草助走進樹林，看看有沒有什麼線索，他們發現……
草助，看看那個！
是腳印！有很多腳印啊！

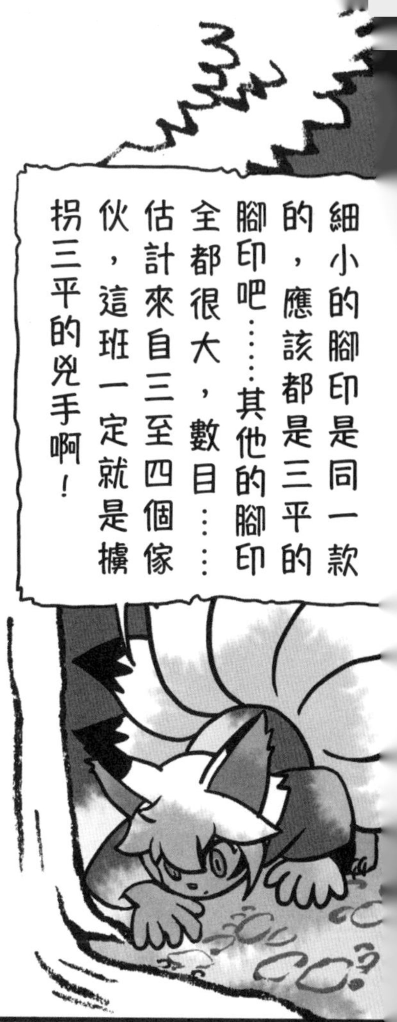
細小的腳印是同一款的，應該都是三平的腳印吧……其他的腳印全都很大，數目……估計來自三至四個傢伙，這班一定就是擄拐三平的兇手啊！

「不過啊，大哥，有腳印的地方就只有這一帶，那班傢伙是怎麼來、又怎樣帶走三平的呢？」

正如草助所說，出現腳印的地方，的確只在這棵樹下，其他地方都找不着。

岡七也滿腹狐疑，他再一次仔細檢查那棵樹。這時候，他發現樹上有很多爪痕。
這些是爪痕啊！那班傢伙可能是爬樹來的！
什麼？

岡七推測，真兇可能藏身在樹上。

等待時機襲擊三平，將他抓到手後，再爬樹離開……

岡七在樹幹上，還找到一根動物的毛髮。

岡七的嗅覺十分靈敏，可以分辨出很多不同類型的氣味。

「這是狒狒的毛！」

狒狒有着類似猴子的外形，是很擅長爬樹的妖怪。

大哥，說到狒狒，難道是……
對，搞不好就是猴吉一族幹的好事……如果真的是他們的話，可會有點棘手！
這時候，一平他們一臉擔心的跟岡七說：
岡七老大……三平會回來嗎？
我們雖然經常吵架，但一直都是五兄弟一起生活。如果少了一個，感覺好奇怪……
我很擔心三平啊……
別哭啊，傻瓜！
你們幾個……
放心吧！我一定會將三平他平安帶回來的！
謝謝你，岡七老大！

岡七將無面妖怪的孩子送回家後，就跟草助一起前往猴吉的大宅。

猴吉是一隻狒狒，表面上是從事借貸的業務，但傳聞他暗地裏會指示狒狒手下做壞事。

岡七早就盯上他了，可是猴吉個性非常狡猾，一直都很小心行事，所以壞事都沒有穿幫。

猴吉有可能派了他的手下去擄拐三平，不過，卻有點古怪……
怎麼古怪？

「我看不通他要特意抓走三平的理由。三平一家怎麼看都不像富戶，抓了這孩子，他們家也付不起贖金啊。」

「你說得對啊。」

「無論如何，如果我們的對手是猴吉的話，一定要提起精神，非常小心才行！」

他們邊說邊走，不經不覺就來到猴吉的大宅了。
借貸
猴

不勞而獲
豪奪千金
豪奪千金
打擾了！
哎呀哎呀，這不是岡七老大嗎？
今天有什麼事情讓你大駕光臨？
嘻嘻嘻……
狒狒猴吉

「老實跟你說，無面妖怪無平先生有個孩子被拐帶了。」

「什麼？那可真慘啊！究竟是什麼妖怪幹出這麼過分的事啊？」

「那個嘛……有目擊者說看到孩子是被狒狒拐走啊，猴吉先生。」

當然，其實沒有這個目擊者的存在，岡七只為了試探狒狒他們的反應，才故意說謊。

「呵呵呵，那可令我頭痛啦，說到這一帶的狒狒，可是只有我們一族啊。」

是的，所以我就特地來查問了。
你胡說什麼？
你是說事情是我們幹的嗎？
別這樣，你們給我冷靜點。

即使聽到岡七說的謊話後，猴吉也是一副胸有成竹的樣子。

「岡七老大，我也是明事理的。要是我們一直有嫌疑，也是很麻煩的事情。你就在我的大宅中搜查個夠，看看能不能找到那個被擄拐的孩子吧。」

「是嗎？那我就恭敬不如從命了。」

岡七和草助仔細調查了大屋裏的每個角落。
有錢

可是，卻完全沒發現三平的蹤影。
大哥……
唔……
有錢使得鬼推磨
嘻嘻嘻……
怎麼樣？看來我們已經洗脫嫌疑了吧？
抱歉給你們添麻煩了，我們今天就此失陪。
沒關係沒關係，不用在意……
不過啊，岡七老大，你還只是個小孩。
小孩就不要拿着十手棒來裝酷四處走。小孩該像小孩的樣子，留在家吃吃糖果啊。
瞪眼

你說什麼？
別這樣，草助。
「不過，大哥……」
「別管了，走吧。」
岡七他們在沒找到任何線索之下，只得默默離開。
哎呀哎呀，終於肯走了嗎？
待岡七他們離開後，猴吉走到大宅深處的客房。
打開……
岡七剛才當然也搜查過這裏。

抓住
有錢使得
就算岡七多聰明，也沒發現到這機關吧。
有錢使得鬼推磨
轟隆隆
嘻嘻嘻……
猴吉竟然在這個客房中建造了一間密室！

三平真的在密室裏！而且除了他之外，還有另一隻妖怪。
攫猿佐平次
三平
讓你久等了，佐平次先生。
那捕快終於走了嗎？
擄走三平的，果然是狒狒他們！

「是的。在他再來找麻煩之前，我們快點開始吧。」

「好，開始吧！」

這妖怪是一隻攫*猿，名叫佐平次。他用那雙很大的眼睛，凝望着三平。

*攫，粵音霍

盯着
嗚嗚……

攫猿可以讀心，他還可以用催眠術來操控其他妖怪。

「好，搞定了！」說畢，佐平次就解開了三平嘴巴前的毛巾。

小子，你叫什麼名字？
我是牛妖，叫牛太郎。
對了！正是如此！

竟然連沒有眼睛的無面妖怪也能催眠得了，你實在太厲害了！
我的催眠術可是直接施向他們的腦袋，所以有沒有眼睛也沒關係啊。

好了，來到最後一個步驟了……
嘻嘻嘻……
打開

猴吉打開了放在密室裏的一個木盒子。

禿筆毛作
好，到你出場了，毛作先生！
嗚噫！
盒子裏面，原來有一隻像毛筆般的妖怪。

「不要，我不能這樣做的！」

「喂喂，不可以突然反口吧？你都已經收取了我的上期訂金了啊。」

「因為那時候我不知道你要我做壞事啊！我把訂金還給你！」

給我住口！你只需要照我的話去做就行了啊！
還是想我當場就把你折斷？
明、明白了，我就聽你吩咐去做！
抓住
求求你不要把我折斷啊！

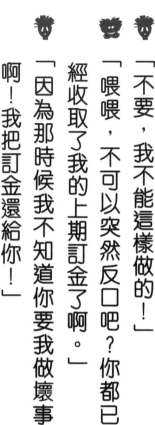

猴吉開始用毛作這枝禿筆，在三平的臉上畫出眼和鼻等器官。
然後，那些鼻子和眼睛就變成他真的器官了！
毛作先生，你的妖力相當厲害啊！
毛作的神奇妖力可以將畫出來的東西成真。
嘻嘻嘻……
好，搞定了！
三平完全變成另一個樣子了。究竟猴吉有什麼陰謀呢？

簡單介紹一下

角色介紹

妖怪大全 第二篇

接下來，會為大家介紹在本故事中出場的妖怪！

狒狒猴吉

狒狒是類似猴子的妖怪，雖然沒有特別的妖力，但非常聰明。

猴吉更是當中最狡猾的代表，暗地裏做盡各種壞事。

嘻嘻嘻……
說我是壞蛋？才不是啊！我可是老實善良的妖怪啊！

身手敏捷，擅長爬樹！

猴吉的狒狒手下全都身手敏捷，擅長爬樹。把無面妖怪三平抓走的，正就是他們！

沙沙

攫猿佐平次

攫猿是一種可以讀心的妖怪，他還具有催眠術的妖力，可以控制被催眠的妖怪的行動。

佐平次現在受僱於猴吉，出賣他的妖力供猴吉使用。

盯着——
嗯嗯，我看穿你了！正在看這本書的你，一定覺得我的樣子很令人噁心吧？

禿筆毛作

這妖怪名叫毛作，是禿筆的古物精怪*，他本來是一枝古老的毛筆，經歷很長的年月就成精了。他有神奇的妖力，可以令畫出來的東西成真！禿筆的「禿」並不是指禿頭，而是指筆毛很短、筆尖被剪平了的意思。

毛作本來是懦弱和溫柔的妖怪，這一次只是被猴吉騙來做壞事。

*古物精怪：請參閱第17頁的解說。

不、不要！我不想做壞事啊！

第三回
大鵰巢裏的小牛

岡七離開猴吉的大宅，與草助道別後，就自己一個回家了。
猴吉那傢伙真可惡……怎樣想都覺得那傢伙很可疑……
奸笑
好，明天再去一次，這次要用別的方法調查！

伸出～
小岡，你怎麼回來後就一直在碎碎唸？
嗚哇！

「阿六！我不是老叫你不要從上面進來嗎！」

「哎呀哎呀，沒關係啦，我們是鄰居嘛。」

「鄰居就可以這樣隨隨便便偷窺嗎？」

「男子漢大丈夫別計較這些小事嘛。對了，我有事要跟你商量。」

「商量？怎麼回事？」

「你等一下，我現在過來你這邊。」

打開
不久後，阿六規規矩矩地由大門進來。
她的手上拿着一張紙。
小岡，幫我看看這個！
唔？什麼東西？

哦，原來是尋妖街招嗎？
尋妖
牛太郎
我們正在找尋愛兒。
孩子只有二十歲，還不太會說話。
尋獲者可獲厚酬
一千両

*妖怪的年齡約為人類的十倍，所以牛太郎只有人類的兩歲左右！

這個走失了的孩子，跟改變了樣貌的三平竟然一模一樣！不過這時候的岡七當然還未知道。

「話說回來，尋獲者可以得到一千兩的酬謝金，也太誇張了！這一千兩可以讓我白吃一百年啊，看來他是富貴家庭的孩子吧？」

「你知道附近那間紫菜店『上總屋』？」

「嗯，就是那間專賣昆布和木魚乾的老字號店鋪，店主好像是海怪波平先生？」

「那位波平先生有一位親戚是牛妖來的，叫牛兵衛。他在妖怪江戶鎮東邊的一個海邊小鎮，經營捕魚生意已久，聽說是個很富有的漁戶。」

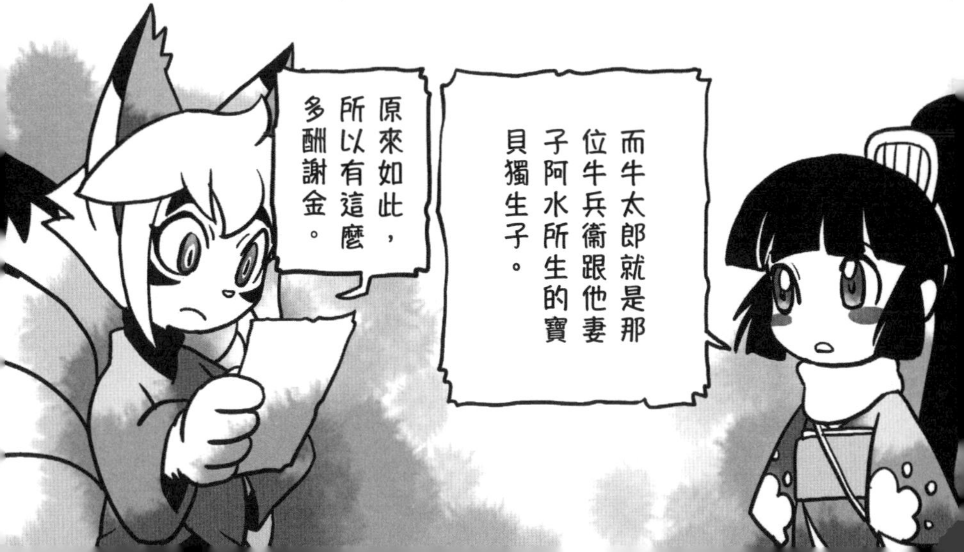
而牛太郎就是那位牛兵衛跟他妻子阿水所生的寶貝獨生子。
原來如此，所以有這麼多酬謝金。

「牛兵衛一家來了妖怪江戶鎮，探望他在『上總屋』的親戚，他們在鎮裏四處遊玩時，牛太郎就不知在哪裏走失了。」

「是嗎？這是什麼時候的事？」

「大概十日前左右。牛兵衛夫婦為了找尋自己的寶貝兒子，一直在鎮內派發這張街招。」

雖然岡七還是剛剛才聽到這件事，但妖怪江戶鎮的鎮民早已為了那一千兩，而在瘋狂地找尋牛太郎。

「那麼，那個失蹤的牛太郎找到了嗎？」

那個嘛……說不定我已找到了他。
悄聲……
你說什麼？

「真的嗎？你在哪裏找到他的？」

「你知道大鳥神社那邊，有一隻大鵬叫鷲林神，在一棵巨樹上築巢嗎？」

大鳥神社位於遠離妖怪江戶鎮中心的地方，是一間妖跡罕至的神社。

「我知道大鳥神社，但不知道有那隻大鵬。」

「聽說鷲林神平時住在鎮的最西方，但每年這個時候，她都會來到大鳥神社，在巨樹上築巢孵蛋，並養育雛鳥。」
那隻大鷹頭頂長着很漂亮的角啊！
哦～～她長這樣的嗎？

「我有時候會到那裏去偷看她的巢，因為那些雛鳥很可愛啊！」
吱～
吱～
原來不止我的家，這傢伙連鳥巢也會偷看嗎？她真是打從心底喜歡偷看秘密啊……
?

「不過啊，我只會在大鵬不在的時候才去偷看啊。如果她在的話，就會緊張地保護雛鳥，還會來襲擊我啊！」

「那當然啦！」

「然後，今天下午我突然想起很久沒去窺看鳥巢了。一看，竟然發現一個很像牛太郎的孩子混在當中！」

「真的嗎……」

「可是就在這時候，大鵬快要回巢，所以我慌慌忙忙逃走了。但那個肯定是牛太郎啊，我打算明天再去一次，確認是否屬實！」

「可是，為什麼牛太郎會在那裏？」

「我猜他可能是被鷲林神抓走了。」

拍翼
拍翼

「說起來，從前就一直流傳着大鵬會抓走孩子的說法……」

我想一定是牛太郎走失了，獨個兒四處亂走的時候，被鷲林神抓回巢了。之後鷲林神可能把牛太郎當作自己的孩子般養育，因為我看到牛太郎時，他正跟雛鳥們擠在一起，舒舒服服地睡着覺。
原來如此……
因為牛太郎也有角，鷲林神可能把他誤當成自己的孩子了。

「小岡，我說想跟你商量的，就是你明天可以跟我一起去看鳥巢嗎？如果只有我一個去，遇上大鵬就不好了……」

「那沒問題，不過我明天要先去狒狒猴吉那裏辦點事，完成之後才可以陪你過去。」

「好的！那麼我明天在家等你。」

得到岡七答應一起前往鳥巢後，阿六看來放心多了。

「如果那個真的是牛太郎，阿六你就可以拿到一千兩，一夜間變成富戶了。」

「唔……話雖這樣說……」

可是我不打算接受那筆酬謝金……
什麼？
因為我也不知道這麼多錢可以用在什麼地方啊。

「可是，獲得一千兩之後，你就可以搬離這個破爛長屋，找個好一點的地方住啊……」
「不！我很喜歡現在這種生活。」
我在這裏才可以跟爹爹和小岡在一起，每天都過得很快樂，這樣我就心滿意足，覺得很幸福了……
阿六，你……
開門
你幹麼盯着我看啊！會讓我尷尬的啊！
我回去啦，明天我等你回來啊！
好、好的……

阿六這傢伙……
嘿
然後，就入夜了。
第二天，岡七和草助又來到猴吉的大宅。
借貸

翻滾！
今天不來正面調查了，就用我的秘密招數吧！
看我的！
嘿嘿，就用這個模樣潛入大宅，仔細調查吧！
好厲害啊！怎麼看都是猴吉一族的狒狒！
岡七在後門偷偷地潛入了猴吉的大宅。
悄悄～

「你說什麼？老大剛剛不是跟攫猿先生一起外出了嗎？」

「對、對啊，我一時忘記了。」

岡七慌亂起來，
正想立即離去。
可是……
等一下！你那尾巴
是怎麼回事？
咦？
岡七每次施
法術都是美中不
足，不論他多想
完美地變身，都
會出現錯漏。
糟了……
可疑的
傢伙！
過來！
嗚！

變身
才不要！
冒煙冒煙
嗚嘩！
快速逃跑
咳咳……
岡七總算逃過狒狒的追捕，轉身便躲到大宅其中一間客房，藏身起來。
剛才好險啊！

「沒法子了，今天就此離開吧。」
為了尋找安全的逃生路徑，岡七在客廳內來回踱步。
此時……
好痛！
絆倒
怎、怎麼了？
原來，這個房間正是連接密室的房間。
有錢使得鬼推磨
嘰嘰～
猴吉那傢伙竟然造了這樣的機關……
全靠岡七的好運氣，在偶然間找到了這密室。

這間密室裏面了。
可是，岡七發現有
什麼東西在動。
？
嘎嘎
放我出來啊！

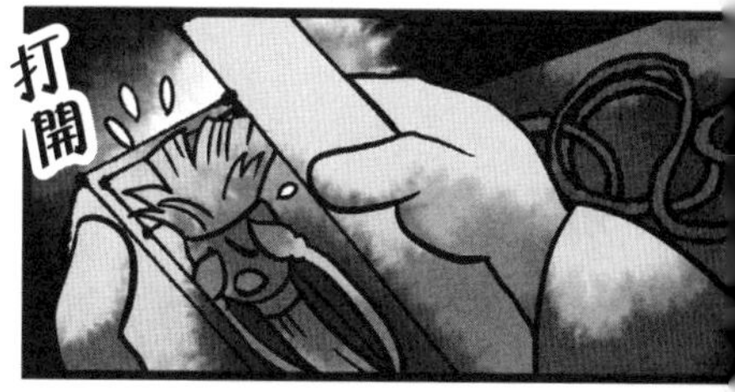
打開

你怎麼了？
你、你是誰？

「我是狐妖岡七，是個捕快。」

「捕快？那剛好！請你制止猴吉他們的詭計。他們打算騙取牛妖富豪——牛兵衞的一大筆金錢啊！」

毛作把猴吉的計劃全都告訴岡七了。

「你是說，猴吉他們為了騙取那一千兩酬謝金，所以把三平假裝成牛太郎了嗎？」

「是的，在沒臉孔的無面妖怪上，我就可以輕易施展妖力，畫出新的樣子了。」

岡七終於明白了一切。

「原來如此，那猴吉他們現在身處何方？」

「他們正前往『上總屋』去見牛兵衛。你現在趕去的話，可能還來得及阻止他們！」

「好，我都明白了！毛作先生，你也一起來吧，必要時你可以作證。」

「好的，我跟你一起去。」

岡七就帶着毛作，逃離了大宅。

「草助，詳情我晚點再跟你說！現在你立即到阿六那裏，一起把牛太郎帶來！」

「牛、牛太郎是誰？」

「你問阿六就會知道！你們要立即把他帶去『上總屋』，我先走一步了！」

「好的，我知道了！」

岡七跟草助分開後，立即向着「上總屋」奔跑過去。

對了，毛作先生，你可以用妖力將三平的臉變回原狀嗎？
可以的！只要將我的筆頭沾水，再塗在我畫過的地方，就可把它們洗掉。
太好了！聽到你這麼說，我就放心了！

與此同時，猴吉他們已經到了「上總屋」會見牛兵衛了。
嘻嘻嘻……
我們找到牛太郎少爺了！
呼咩——
牛妖牛兵衛
呀！真的是牛太郎啊！
水妖阿水
（牛兵衛的妻子）

爹爹！娘親！
被施了催眠術的三平，以為眼前的真的是自己的父母。
呼哞——
牛太郎！
緊抱
那麼，是時候賞賜我們酬謝金了吧？
噫嘻嘻……
此時，阿水突然叫嚷起來。
尋妖
牛太郎
我們正在找尋愛兒。
孩子只有二十歲，還不太會說話。
尋獲者可獲厚酬
一千兩

猴吉他們慌張起來了。

「你、你在胡說什麼啊？這個肯定是牛太郎啊……」

「騙人！牛太郎一出生，頸項上就有個小小的胎記，可是這孩子沒有啊！這個牛太郎一定是假冒的啊！」

你們罪不可恕！
龐然大物
嗚哇……
怒氣沖天的牛兵衞和阿水，瞬間變身成很可怕的形態！

簡單介紹一下

角色介紹

妖怪大全 第三篇

接下來，會為大家介紹在本故事中出場的妖怪！

牛妖牛兵衛

牛兵衛雖然有着惡鬼一樣的可怕臉孔，但其實他的性格如牛一樣穩重，而且非常疼愛他的獨生子牛太郎。不過，一旦惹他生氣，他就會變身成巨大的怪物，搗亂一番！

生氣時變成這樣子！

當他生氣到變成這個形態後，大家便不能輕易令他平復下來了！

水妖阿水

阿水是一隻水妖，擁有隨意操控海水的妖力。她的真身是海蛇妖怪，生氣的時候就會變成蛇的模樣！

呵呵呵，我可是嬌豔欲滴的美女啊！
嘶嘶～

妖怪的選美冠軍？

據說阿水年輕時，曾參加選美大賽並當選第一美女妖怪……她的美貌，說不定也是妖力的一種！

哎呀，你真可愛啊，小朋友。
真、真的嗎？
小岡！
呼吽！

第四回

妖怪江戸鎮大混亂！

破裂
呼咩！
龐然大物
怒髮衝冠的牛兵衞不單破壞了「上總屋」，還踏破了附近的妖怪民居！
這、這究竟是怎麼回事？

嗚噫～
此時，猴吉他們正慌慌忙忙地逃跑過來。
啊！
岡七立即抓住了猴吉質問。
「這是怎麼回事？」
「他們知道被騙後，就變成那個樣子了！」
三平在哪裏？
我怎麼知道！我都顧着逃走了！
岡七先生啊，三平在那裏！
破裂
發呆
被施了催眠術的三平，正呆呆的站在原地。

此時，被牛兵衞破壞了的建築物，屋頂瓦片正向着三平的頭掉下來！
卡啦
卡啦
危險啊！
飛出
呼——
岡七投出去的十手棒，把三平捲着了！
轉圈
轉圈

「呼，幸好趕上了！」

成功救出三平後，岡七呼了口氣，放心下來了。

「岡七先生，現在還不是放鬆的時候啊！牛妖就在面前啊！」

呼吽——
就如毛作所說，牛兵衛逐步迫近，已經走到岡七的跟前！
啊！
牛兵衛先生，別這樣！真正的牛太郎很快就會來到啊！
別騙我們了！你們全都是為了騙我們的錢而已！
不是的！我是說真的！

我豈會相信你所說的話！
既然事情已演變成這樣子，我就把這妖怪江戶鎮弄個翻天覆地，去把牛太郎找出來！
你說什麼？
我賭上捕快狐妖岡七之名……
不會讓這事情發生！
會有點燙，你們就別怪我啦！
熊熊熊——

岡七打出去的狐火，
在牛兵衞的眼前爆發了！
啪磅
嗚……
呼咩——！
呀，相公！
阿水姐姐，
你也看招吧！
熊熊熊
哼！
雕蟲小技！
噴水——

阿水竟然從口中噴出水來，把岡七的狐火都撲熄了。

「哼，這些嚇唬小孩的把戲，對我是

可是，岡七所打出的狐火，全都給阿水撲滅了。

「不、不行了！阿水的噴水法術，比我的狐火有更強勁的妖力！」

「已經技窮了嗎？那就輪到我出招了！」

牛兵衞受到狐火的侵襲後，眼前一片昏花。所以阿水就給他指示，讓他踏扁岡七。

對了對了，就是這樣啦，相公！
呼吽——
嗚啊！
跑跑跑跑……

牛兵衛追着岡七不放，把沿途的房屋都一併踏扁了。

這樣下去，整個妖怪江戶鎮都會被毀啊！究竟有什麼方法招架呢……

此時，岡七突然想到一個方法。

「對了，毛作先生！你的妖力是可以將畫出來的東西都變真嗎？」

「是、是的……」

一下嗎？」

「什麼？」

「一切都是為了保護妖怪江戶鎮！拜托你啦，毛作先生！」

好的，我明白了！歸根究底，我也有責任的……
請隨便使用我吧！

好！謝謝你！
轉身
我不用再逃了……
一較高下吧！

出現
岡七變出了一個狐火。
那麼小的火球，你出多少次也一樣啊！
是嗎？毛作先生，拜托你了！
交給我吧！
畫
大
畫
岡七拿着毛作，在狐火上寫出了一個「大」字。
熊
接下來……
大
熊
熊

狐火變成了一個巨大的火焰！
熊熊熊熊——
妖術！大文字燒！

嗚啊啊啊——
噫啊！
呼吽？

上吧——
燃燒——
哇——
牛兵衛夫婦被岡七射出的巨大狐火包圍着。

被狐火燃燒的牛兵衞和阿水夫婦失去了妖力，變回原來的樣子了。
呼咩～
嗚嗚……我們被打敗了……
請勿見怪，為了阻止你們，我無奈得這樣做才行啊。
嗚嗚，我已經不知道怎樣做才好了！如果找不到牛太郎的話，我們活着也只有痛苦……
阿水姐姐……
這個時候，岡七聽到遠處有把聲音在叫他。
小岡～
大哥～
是他們！

阿六和草助終於將真正的牛太郎帶來了。
我帶牛太郎來了！
你們看！是真正的牛太郎啊！
什麼？
呼咩？
就這樣，牛太郎終於能一家團聚了。
牛太郎！
呼咩！
可是啊，大哥！我們要避過鷲林神的雙眼將牛太郎救到樹下，可不容易啊！
真的啊！
哈哈，抱歉啦！

接下來，岡七幫三平恢復原來的樣子。
毛作先生，真的如你所說，只要用你的筆頭沾上水，就可以擦掉之前畫的東西啊！
就是說啦！
解除催眠術之後，岡七就送三平回家。一家都在等
就這樣，岡七順利解決這一件牽連整個妖怪江戶鎮的事件了。
猴吉一族和佐平次都被抓進牢獄，這次案件圓滿地解決了！
大哥，一起去吃串燒丸子慶祝我們成功破案吧！

好提議！小岡，你要請我吃啊！
阿六你明明大方地拒絕了一千兩，但想我請客時卻這麼貪心！
等一下！你說誰貪心？你夠膽再說一次！
我就知道這樣可以惹怒你啦！
感謝你欣賞狐妖岡七大顯身手的故事，這一回就先在這裏完結了。下回再見！
哈哈哈……

作者：大崎悌造

1959 年出生於日本香川縣，畢業於早稻田大學。1985 年以漫畫作者的身分進入文壇。因自幼喜歡妖怪、怪獸及恐龍等題材，所以經常編寫此類書籍，並以 Group Ammonite 成員的身分，創作《骨頭恐龍》系列（岩崎書店出版）；此外亦著有日本史、推理小説、昭和兒童文化方面的書籍。

繪圖：有賀等

1972 年出生於日本東京，擔任電玩角色設計及漫畫、繪本等繪畫工作。近年作品有漫畫《洛克人Gigamix》（CAPCOM 出品）、《風之少年Klonoa》（BANDAI NAMCO GAMES 出品；JIM ZUB 劇本）、繪本《怪獸傳説迷宮書》（金之星社出版）等；電玩方面，在「寶可夢 X · Y」（任天堂出品；GAME FREAK 開發）中參與寶可夢角色設計，亦曾擔任「寶可夢集換式卡牌遊戲」的卡面插圖繪畫。

色彩、妖怪設計：古代彩乃　　**作畫協力：鈴木裕介**

日文版美術設計：Tea Design

妖怪捕物帖——妖怪江戶篇
①無面妖怪的孩子不見了？

作　　者：大崎悌造
繪　　圖：有賀等
翻　　譯：HN
責任編輯：黃楚雨
美術設計：劉麗萍
出　　版：新雅文化事業有限公司
香港英皇道499號北角工業大廈18樓
電話：(852) 2138 7998
傳真：(852) 2597 4003
網址：http://www.sunya.com.hk
電郵：marketing@sunya.com.hk
發　　行：香港聯合書刊物流有限公司
香港荃灣德士古道220-248號荃灣工業中心16樓
電話：(852) 2150 2100
傳真：(852) 2407 3062
電郵：info@suplogistics.com.hk
印　　刷：中華商務彩色印刷有限公司
香港新界大埔汀麗路36號
版　　次：二〇二二年七月初版

ISBN: 978-962-08-8003-2
ORIGINAL ENGLISH TITLE: *YOUKAI TORIMONOCHOU 1 SARAWARETA NOPPERABŌ*
Text by Teizou Osaki and Illustrated by Hitoshi Ariga

18/F, North Point Industrial Building, 499 King's Road, Hong Kong
Published in Hong Kong, China,
Printed in China